Noël

Si Noël m'était « compté »

Texte de
Ted O'Neal

Illustrations de
R. W. Alley

ÉDITIONS DU SIGNE

ÉDITEUR :
ÉDITIONS DU SIGNE
BP 4
67038 STRASBOURG CEDEX 2
Tél. (00-33) (0) 3 88 78 91 91
Fax (00-33) (0) 3 88 78 91 99
e-mail : info@editionsdusigne.fr
www.editionsdusigne.fr

Texte :
Ted O'Neal

Traduction :
Nadine Deffieux - Didier Dolna

Illustrations :
R.W. Alley

Version française :

Version originale publiée aux USA
Titre original : «Making Christmas count!»

Édité aux USA par One Caring Place - Abbey Press - St. Meinrad, Indiana 47577

ISBN: 978-2-7468-2235-1

Imprimé en Chine

Un message à l'attention des parents, des enseignants et de tous ceux qui s'occupent d'enfants

Les enfants n'ont pas besoin qu'on leur dise que Noël « compte ». Ils sont, en cette période, suffisamment excités par l'événement qu'ils attendent depuis des semaines ! Et cependant, les enfants peuvent être parmi les premiers à oublier ce qui compte vraiment dans cette fête. La conscience qu'ils en ont dépend beaucoup de l'exemple et de l'éducation que nous leur transmettons.

Nous, les adultes, nous savons que Noël n'est pas une fête ordinaire ; célébrer la naissance de notre Sauveur mérite mieux qu'un enthousiasme de surface ou un engouement pour les artifices liés à cette fête.

Bien sûr que nous aussi, nous sommes sensibles au côté profane de cette période : les cadeaux, le sapin de Noël, les illuminations, les chants, les repas avec la famille et les amis. Mais si on réfléchit, on se rend compte que ces simples moments de partage et d'affection participent à l'essence même de Noël, qu'ils ne sont pas exempts de spiritualité, et que le profane rejoint le sacré à condition de lui redonner tout son sens.

Noël, après tout, c'est l'esprit de l'amour, l'amour qui est descendu sur terre pour s'y répandre et nous sauver, et c'est ce message essentiel que ce petit livre illustré essaie de communiquer aux jeunes enfants.

Ce livre essaie de montrer aux enfants toutes les facettes de Noël, de leur faire comprendre que tout ce qui est lié à Noël compte. Il s'efforce de leur rendre sensible la profondeur de cette fête et les aide à ne pas en oublier le caractère sacré.

Inculquer ce message aux enfants est sans nul doute l'un des plus cadeaux que nous puissions leur faire, et cet ouvrage peut nous y aider.

Ted O'Neal

QUATORZE milliards de millions

Cela semble être le nombre le plus grand qui puisse exister… et c'est à peu près le nombre d'années que tu auras l'impression d'avoir attendu avant que n'arrive le matin de Noël !

Avant le premier Noël, des milliards d'années se sont effectivement écoulées. Et puis, il y a environ 2000 ans, c'est finalement arrivé : Jésus est né, et depuis, il y a eu un Noël chaque année !

Il y aura un Noël cette année aussi. Et si tu t'y prends bien, ce sera l'un des meilleurs Noëls qu'il n'y ait jamais eu, un Noël qui comptera vraiment.

TREIZE,
un nombre qui porte malheur ?

Qu'est-ce qu'une superstition ? Une superstition, c'est une croyance en quelque chose qui n'est pas forcément vrai. Certaines personnes, par exemple, croient que le nombre 13 porte malheur. C'est une superstition.

Refuserais-tu d'ouvrir tes cadeaux s'il y en avait 13 pour toi sous l'arbre de Noël ? Non, bien sûr ! Comme il n'y a aucune raison d'avoir peur d'une couche de neige sous prétexte qu'elle fait 13 centimètres ! Ce n'est pas ça qui empêchera le Père Noël de passer !

À Noël, nous avons toutes les raisons de croire en notre chance. Réfléchis bien et tu te rendras compte que nous avons beaucoup de chance, que Noël est une chance, et que nous sommes bénis de Dieu.

les
12
jours de
Noël

Les DOUZE jours de Noël

Tu connais peut-être la chanson d'Henri Dès « les Douze Jours de Noël ». Elle vient d'une chanson que tous les enfants anglais et américains connaissent. Tu sais, elle dit : « Le premier jour de Noël, j'ai reçu de mon ami… » ; puis « le deuxième jour de Noël, j'ai reçu de mon ami... », et ainsi de suite jusqu'au douzième. Eh bien, ces 12 jours sont en vérité les 12 jours après Noël.

Ces 12 jours commencent à Noël et se terminent avec l'Épiphanie qui rappelle le jour où les trois Rois Mages vinrent offrir leurs présents à Jésus. Pendant ces 12 jours, dans certaines familles, on s'offre chaque jour un petit cadeau pour prolonger la célébration ; dans d'autres, on attend l'Épiphanie pour ouvrir les cadeaux.

Les cadeaux nous rappellent que Noël,
c'est avant tout donner, que Noël,
c'est la fête de l'amour.

ONZE idées de cadeaux

Recevoir des cadeaux est agréable, bien sûr. Mais c'est quand nous *donnons* que nous faisons que Noël compte vraiment. Et faire des cadeaux ne signifie pas seulement offrir des super jouets ou toutes ces choses que l'on peut emballer dans du joli papier. Voici 11 autres idées de cadeaux qui, même si on ne peut pas leur mettre un joli ruban autour, n'en sont pas moins agréables :

1. Faire un joli dessin pour Papi.
2. Aider Papa ou Maman à préparer les gâteaux pour Noël.
3. Donner de l'argent pour aider les enfants des familles pauvres.
4. Aider tes parents à apporter de la nourriture aux Restos du Cœur.
5. Rendre visite à des personnes âgées dans une maison de retraite.
6. Chanter dans la chorale de l'église.
7. Envoyer des cartes de vœux faites à la main à ta famille qui habite loin.
8. Être gentil avec quelqu'un que tu n'aimes pas beaucoup.
9. Faire un gros câlin de Noël à ton frère, à ta sœur, ou à tes parents.
10. Faire la vaisselle après le repas de Noël.
11. Faire une prière pour quelqu'un qui ne passe pas un joyeux Noël parce qu'il est souffrant ou dans la peine.

DIX minutes de l'histoire de Noël

Pour passer un Noël qui ait vraiment du sens, lis ou fais-toi lire, dans la Bible, le récit du tout premier Noël.

Dans l'Évangile selon Matthieu, on peut lire : « elle (Marie) enfantera un fils, tu (Joseph) lui donneras le nom de Jésus ; c'est lui qui sauvera son peuple de ses péchés. » Dans les évangiles selon Marc et Jean, saint Jean-Baptiste, le cousin de Jésus, nous dit : « Il vient après moi celui qui est plus puissant que moi. »

Le récit de Luc est l'un des plus connus : « Et pendant qu'ils (Marie et Joseph) étaient à Bethléem, le temps où Marie devait accoucher arriva, et elle enfanta son premier-né. Elle l'emmaillota, et le coucha dans une crèche, parce qu'il n'y avait pas de place pour eux à l'auberge. »

NEUF heures, l'heure de se coucher

En principe, neuf heures, c'est l'heure de se coucher. Mais la nuit qui précède Noël, un peu partout dans le monde, les chrétiens veillent tard et vont à la messe de minuit !

À l'église, ils chantent « Douce Nuit, Sainte Nuit ». Et cette nuit-là est effectivement une nuit sainte, une nuit « d'amour infini » comme le dit ce chant.

Noël, c'est aussi la paix. Jésus est venu pour apporter la paix et a parlé de paix tout le temps. Il a dit : « Que la paix soit avec vous » ; « Je vous donne la paix. » Ses apôtres étaient des gens de paix. Ce que représente Noël est donc important toute l'année, tous les jours. Quand tu vas te coucher le soir, n'oublie pas de faire une prière pour la paix dans le monde.

HUIT petits rennes

Tu connais certainement les rennes du Père Noël. Il y a Tornade et Danseur, Furie et Fringant, et tous les autres. Et tu sais probablement quel travail ils ont à faire : aider à distribuer les cadeaux de Noël.

Nous aussi, à Noël, nous avons un travail à faire ; comme eux, nous avons des cadeaux à distribuer :

- de l'indulgence, si nous n'avons pas reçu tout ce que nous demandions ;
- de la patience, quand Papa et Maman ne sont pas immédiatement disponibles ;
- du bonheur, vrai et profond, celui qui vient de la certitude que Noël, c'est bien plus que des guirlandes et des joujoux.

Les SEPT merveilles du monde

Noël est si merveilleux qu'on ne comprend pas pourquoi il ne fait pas partie des « Sept Merveilles du Monde ». On désigne ainsi d'admirables monuments antiques que tu as peut-être étudiés à l'école ou dont tes parents t'ont parlé.

De toutes ces merveilles, les Grandes Pyramides d'Égypte sont les seules que tu puisses encore admirer aujourd'hui. Tout le reste a disparu, ou est en ruine. Ces merveilles n'ont pas duré.

Mais Noël peut durer, lui ! Même quand tous les cadeaux sont vieux et cassés, il nous reste toujours une grande « merveille », celle de la vie avec Dieu, vivant avec nous et en nous, et au plus profond de nos cœurs.

Le SIX décembre

Le 6 décembre, nous célébrons la Saint-Nicolas.

Nicolas était un évêque qui vivait il y a très longtemps, mais son histoire a traversé le temps. On se souvient de lui pour sa gentillesse et sa générosité. Il faisait des cadeaux aux gens en secret et il ne se souciait même pas de savoir si les gens savaient que c'était lui qui avait fait le cadeau. Épatant, non ?

Il est important de se rappeler que saint Nicolas donnait pour honorer Dieu qui, lui, nous avait fait le don de son fils, Jésus, à Noël.

« Tape m'en CINQ ! »

Cette formule n'est pas vraiment une formule de Noël, mais c'est une façon amusante, amicale et gaie de se saluer.

Noël est une période qui fait dire aux gens des mots de bonheur. On se souhaite : « Joyeux Noël ! », ou « Bonnes Vacances ! », ou encore « Bonne Année ! »

La joie est l'un des plus beaux cadeaux qui soit. Et la bénédiction de Dieu est une source infinie de joie.

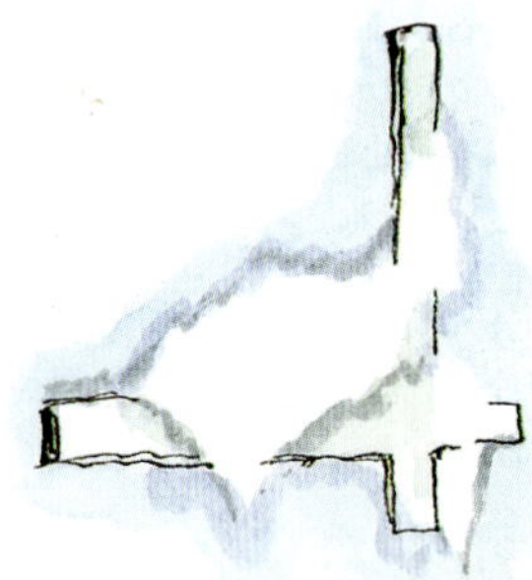

QUATRE cadeaux pour l'Enfant Jésus

Peu de temps après que Jésus est né, les trois Rois Mages vinrent de très loin pour lui offrir des cadeaux. « Et ils lui offrirent en présent de l'or, de l'encens et de la myrrhe. »

L'or mis à part, ces présents peuvent nous sembler un peu bizarres aujourd'hui. Mais toutes ces choses étaient des cadeaux précieux à l'époque et servaient à montrer combien Jésus était important.

Le *quatrième* cadeau qu'ils firent à Jésus – on n'y pense pas toujours – c'est ce long et difficile voyage entrepris pour venir le vénérer et l'adorer. Nous aussi, nous faisons un beau cadeau à Dieu chaque fois que nous l'adorons.

TROIS Rois Mages

Oui, les trois Rois Mages sont venus pour « adorer » l'Enfant Jésus. Ils savaient que ce bébé était différent de tous les autres et que même les rois devraient s'agenouiller devant lui !

Aujourd'hui nous célébrons notre foi en allant à l'église, en priant, en lisant la Bible, et en vivant, selon l'enseignement de Jésus, dans l'amour et la paix.

À la période de Noël, nous célébrons ce que Dieu a fait pour nous. Dieu nous a donné Jésus pour nous apprendre à vivre notre vie mortelle et gagner notre vie éternelle. Il n'est pas étonnant alors que les trois Rois Mages aient comblé Jésus de leurs trésors !

DEUX personnes, Marie et Joseph

Quand tu regardes la crèche de Noël
à la maison, à l'église ou dans un tableau,
tu vois toujours l'Enfant Jésus avec son papa
et sa maman près de lui.

Marie et Joseph étaient tous les deux très saints. Cela veut dire qu'ils obéissaient à la volonté de Dieu, et que c'était là tout ce qu'ils désiraient, et ce désir faisait plaisir à Dieu.

Rappelle-toi qu'à chaque fois que nous voulons bien faire ce que Dieu veut que nous fassions, nous lui faisons plaisir.

UN bébé appelé Jésus

Noël commence par la naissance d'une seule personne, un petit bébé nommé Jésus. Mais Noël concerne tout le monde car l'amour de Dieu est pour tous les hommes.

Au moment de Noël, c'est comme si le monde devenait une seule grande et heureuse famille. Nous célébrons Noël à la fois à la maison avec notre petite famille et, en même temps, au sein de notre immense famille du monde entier.

Nous sommes unis dans l'amour et la célébration. Et nous chantons cette vérité haut et fort chaque année : « Il est né le divin enfant, jouez hautbois, résonnez musettes, il est né le divin enfant, chantons tous son avènement ! »

Ted O'Neal est un écrivain marié et père de famille qui vit dans le sud de l'Indiana. Il est l'auteur de «*Petits malheurs et grandes catastrophes*» ainsi que «*Le respect : y a pas de mal à être attentif aux autres*» écrit avec sa fille Jenny, livres pour enfants publiés dans la collection Lutin-conseil.

R. W. Alley est l'illustrateur d'une série populaire pour adultes (traduite et publiée par les éditions du Cerf dans la collection : *Un temps pour...*).
Il est aussi l'auteur et l'illustrateur de plusieurs autres livres pour enfants.
Il vit à Barrington dans le Rhode Island, avec sa femme, sa fille et son fils.